EDELVIVES

ALA DELTA

El día que murió Superman

Rafael Estrada

Ilustraciones
Ximena Maier

1

SUPERCHARLI

Mi nombre es Carlos, mido exactamente 1,47 metros y peso 39,580 kilos. No está mal para un ser humano de 9 años, 5 meses y 23 días; aunque debo reconocer que muchas veces me he imaginado con 2 metros de altura, 90 kilos de puro músculo y todos en el cole llamándome *Supercharli*.

Siempre he admirado a Superman, ese niño del planeta Krypton que un día cayó a la Tierra y fue adoptado por la familia Kent. Después, a medida que se hizo mayor, empezó a utilizar sus poderes para ayudar a la gente, evitar catástrofes y combatir a los malos. Era maravilloso verlo en acción, con su habilidad natural para volar y su increíble fuerza.

Yo era feliz sabiendo que Superman estaba ahí, aunque sólo fuera en el mundo de la imaginación. Me sentía seguro disfrutando sus aventuras y devorando con avidez todos los tebeos que caían en mis manos. Fue una etapa de mi vida fantástica y emocionante, una época mágica repleta de sueños.

Hasta ese nefasto día en que lo mataron. Creo que el día que mataron a Superman maduré un poco. Por primera vez la muerte me sorprendió y, a partir de ese momento, no pude leer un solo tebeo sin verla agazapada tras las viñetas.

Esa época trágica no escapó a la mirada atenta de mi madre. Mamá me dijo un día que la imaginación podía meterme en algún lugar espantoso del que me costaría salir.

—¿Qué quieres decir, mamá? —le pregunté intrigado.

—¿No ves que sólo sientes pasión por este tipo de aventuras? —echó una ojeada al tebeo y movió la cabeza—. Si te dejas seducir únicamente por la fantasía, no podrás evitar que esas cosas acaben sucediéndote a ti.

—¿Cómo puede ser eso? —pregunté mirando a Superman, que luchaba contra un supervillano horripilante llamado Darkseid.

—Porque la imaginación es más atractiva que la realidad.

—Entonces, ¿la imaginación es mala?

—¡Cómo va a ser mala, hijo! —mamá me revolvió el pelo, sonriendo—. Sólo quiero que entiendas que es una fuerza tremendamente poderosa que hay que aprender a controlar.

En ese momento no entendí muy bien qué intentaba decirme. Pero me daba igual, porque, ¿qué tenemos los niños aparte de la imaginación? En cualquier caso, fue mamá quien me regaló el primer tebeo de Batman, un personaje más creíble que Superman, porque no tenía poderes fantásticos; sólo utilizaba ingeniosos artilugios mecánicos que él mismo fabricaba, además de su fuerza de hombre entrenado. En cada aventura luchaba contra la muerte, pero siempre lograba vencerla gracias a su ingenio y habilidad. De no haber sido por mi madre, creo que la idea de la muerte me habría obsesionado.

Por eso, cuando a ella se la llevó esa terrible enfermedad, no me costó superarlo. Y aunque todavía hoy no he podido acostumbrarme a su pérdida, el hecho de que Batman perdiera a sus padres siendo niño y lograra, a pesar de todo, seguir adelante, me daba fuerzas. Algunas veces he intentado recuperar la sonrisa de mi madre sin conseguirlo, esa sonrisa que el sufrimiento cambió en mi memoria. Es entonces cuando miro el póster de Batman sobre la pared de mi habitación y no me avergüenza que me vea llorar, y hablo con él y le pregunto si es justo que una enfermedad destruya también los recuerdos.

Apenas dos meses después, estaba en la sala de espera del mismo hospital donde murió mi madre, dándole vueltas a esos pensamientos. Ni siquiera oí los pasos del cirujano, ni el batir de la puerta de doble hoja, y sólo cuando posó su mano sobre mi hombro volví a la realidad.

El hombre me miró con ternura. Aunque no esperaba lo que me iba a decir, tampoco me sorprendió:

—Lo siento, hijo —hizo una pausa, conmovido—. Tu padre...

Es curioso, pero en ese momento recordé una tarde de otoño, cuando mi madre todavía se encontraba con nosotros. Yo estaba sentado en el suelo, hojeando el tebeo de Batman que ella me había regalado. A mamá se la oía canturrear en la terraza, mientras regaba las plantas; papá me miraba, con los brazos cruzados, en una actitud que intentaba ser digna.

—¡Carlitos...! —gritó, sin demasiada convicción—. ¡Otra vez leyendo tebeos!

Le miré un poco a la defensiva, preguntándome qué le gustaría que yo leyera.

—Fíjate en mí... —dijo entonces—. Yo nunca he perdido el tiempo con eso.

Aquello resultaba chocante. ¿Qué cosas habría leído mi padre? ¿Quiénes serían sus héroes? Por más que lo intenté, no logré imaginarlo de pequeño. Además, verlo con su barriga junto al enorme póster de Batman me hizo un poco de gracia. Recuerdo que apreté los dientes, intentando contener la risa.

—Chaval, ¿te encuentras bien? —el doctor me sacudió, pensando que me hallaba bajo los efectos del *shock*.

—Verá, doctor —la sonrisa quedó convertida en una mueca tensa—, no puedo ponerme triste.

—Entiendo... —dijo el doctor, mirando el tebeo que tenía sobre las piernas—. Seguro que no paraba de regañarte y de interrumpir tus momentos gloriosos y fascinantes al lado de Joker, Robin y Doscaras.

Se atusó la barba, me miró con ternura y continuó:

—Jamás podría compararse a los superhéroes de tu habitación.

—Veo que me comprende —exclamé asombrado.

—Es cierto. Yo también tengo un hijo como tú, y me doy cuenta de cómo me mira a veces.

El doctor se sentó a mi lado, sonriendo amargamente.

—Sin embargo —añadió—, gracias a tu padre, todo el mundo va a hablar de ti en el colegio.

—No le entiendo.

—Tus amigos podrán leer la noticia en los periódicos y verán las fotos del accidente: la trágica muerte de un héroe.

—¿De un héroe, doctor? —sonreí—. ¿Está hablando de mi padre?

—Un héroe anónimo que luchaba en la batalla diaria de la vida —hizo un gesto vago—. Ni siquiera Indiana Jones soñará nunca con una aventura tan intensa como la que vivió tu padre, con la pierna enganchada por el monstruo del metro, que lo arrastró sin compasión hasta su guarida en el interior del túnel.

Guardó silenció, miró por la ventana y continuó:

—Cuando lo llevaron al quirófano, me costó imaginar qué era lo que mantenía ese cuerpo con vida. Entonces, a pesar de su estado, dijo que no podía permitirse morir. ¿Imaginas por quién? —cerró los ojos, mientras apretaba mi mano—. Viéndole luchar contra la muerte, comprendí que se trataba de un héroe; porque esa hazaña, sin duda, fue digna de Conan o Batman.

Comencé a llorar abrazado al doctor, sin captar la ironía del relato de ese hombre que supo llegar a mi corazón, donde mi padre aguardaba tendiéndome los brazos.

2

Tía Horrible

Pasé toda la tarde en la sala de juegos del hospital, viendo la tele. Por la noche, mientras intentaba dormir, pensé que ya no podía sucederme nada peor, pero me equivoqué, porque al día siguiente apareció la hermana mayor de mi padre, la única familia que me quedaba en el mundo. Yo no la conocía, ya que mi padre y ella nunca se habían llevado bien y se ignoraban mutuamente; era la primera vez que la veía y, desde ese momento, para mí fue *tía Horrible.*

Venía, según dijo a la enfermera con una voz seca y desagradable, a hacerse cargo de mí, obligada por las circunstancias. Había pasado la mañana arreglando los asuntos legales concernientes a la muerte de papá. Estaba muy cansada y de mal humor y no le importaba en absoluto pagarlo conmigo.

—Recoge tus cosas.

Mientras me ponía la cazadora y recogía el tebeo, me atreví a preguntarle:

—¿Nos vamos a casa, tía?

—Eso es —contestó.

—¿Vas a vivir en mi casa? —pregunté tímidamente.

—¡Tú eres quien va a vivir conmigo!

—Ayer falté a clase y esta mañana también —me aclaré la garganta—. Tendrás que hacerme un justificante.

—Viviremos en el pueblo e irás al colegio de allí —dijo mirándome a los ojos hasta que aparté la vista.

—Pero, tía... —tragué saliva aterrorizado—. Todos mis amigos están aquí.

—Pues a partir de ahora tendrás que buscar otros nuevos allí.

—¿No sería mejor que acabara el curso?

—¡Tonterías! —respondió tajante—. En Robledo tenemos un buen colegio, y te dará clases un profesor particular para ponerte al día.

No dije más porque entendí que tía Horrible tenía ya trazados sus planes y, a pesar de lo poco que la conocía, sabía que se mantendría firme como una montaña.

—¿Puedo despedirme de Alejandro?

—¿Quién es Alejandro?

—Mi mejor amigo.

—Cuando lleguemos podrás escribirle.

Todo estaba dicho. Después del entierro y antes de ir a la estación de autobuses, pasamos por casa. Tía Horrible abrió dos maletas y empezó a llenarlas con ropa que cogía de mi armario. Entonces me tendió una bolsa de deporte y dijo:

—Coge lo que quieras, pero haz una buena selección, porque esas cosas tendrás que cargarlas tú mismo.

En sólo media hora tuve que desinflar el balón para guardarlo en la bolsa, junto con el mp3, los tebeos y el póster de Batman, la navaja de explorador, la linterna, la lupa, el libro *Mis experimentos* que me regaló mi madre y algunas otras cosas que ahora no recuerdo.

En la estación de autobuses, mientras guardábamos el equipaje en la panza del autocar, tía Horrible me dijo que fuera a hacer pis, porque no quería oír ni una sola queja durante el viaje, que era largo e incómodo, por cierto.

Cuando regresaba del servicio, me entretuve mirando cómo los niños alborotaban alrededor de las maletas y las bolsas de viaje. Los envidiaba porque ellos tenían padres que los querían y les compraban cosas y los regañaban de una manera distinta a como lo hacía mi tía. Una niña pecosa, que casi no podía con su bocadillo de queso, me sacó la lengua. Su hermanito pequeño chupeteaba un polo.

—Tengo hambre, tía —dije cuando subíamos al autocar.

—Por el camino comeremos algo.

Llevábamos tres horas de viaje, durante las cuales tía Horrible y yo no cruzamos ni una sola palabra. De vez en cuando me miraba con una expresión rara, como si yo tuviera la culpa de algo. Pensé que a lo mejor era una vieja frustrada, resentida con el mundo, que lo pagaba conmigo.

Oscurecía cuando decidí guardar la *game-boy* en el bolsillo, porque el dedo me dolía bastante de tanto jugar. Ya había leído cinco o seis veces el último número de Batman, cuando tía Horrible decidió que era la hora de comer. Con mucho cuidado, extendió sobre su falda de tablas una espantosa servilleta, después sacó de una bolsa los bocadillos que había comprado en la cafetería de la estación y me puso el mío bajo la nariz. Era de tortilla, una tortilla pringosa y fría, que me hizo recordar el bocadillo de queso y el polo de naranja de los niños de la estación. Un poco de huevo cayó en el tebeo sobre la cara de Joker, que se reía como loco contemplándose en un espejo.

—¿No tenías hambre? —preguntó tía Horrible viendo que dudaba.

—Es que con el traqueteo y todo eso se me ha revuelto el estómago —dije, intentando no poner cara de asco.

Traté de distraerme mirando por la ventanilla, sin conseguirlo. Durante el resto del trayecto fueron sonándome las tripas, pero creo que mi tía no las oyó, porque el camino era muy accidentado.

Era ya de noche cuando las puertas del autocar se abrieron con un impresionante soplido y el conductor nos gritó que habíamos llegado a Robledo.

Cuando recuperamos nuestros equipajes, el autocar soltó una bocanada de humo negro y se alejó, dejándonos solos en un camino de tierra totalmente a oscuras. Los grillos cantaban; no muy lejos de allí se veían dos o tres casas, semiescondidas entre la abundante vegetación, de las que salían unas columnas de humo blanco por la chimenea.

Enseguida noté la humedad; las peñas y los troncos de los árboles estaban cubiertos de abundante musgo. Mi tía se paró junto a una roca, miró hacia la luna rodeada por un halo y respiró como si le faltara el aire; lo hizo tantas veces que me asusté.

—¿Qué te pasa, tía? —pregunté, temiendo que se encontrara enferma—. ¿Estás mareada?

—¡Nunca en mi vida me he mareado! —respondió, sacudiéndose el jersey negro y echando a andar—. ¿Es que no te gusta el olor de la leña?

No dije nada, porque ni siquiera me había dado cuenta de que olía a leña; estaba hambriento, muerto de frío y mi bolsa pesaba un montón.

Tengo que reconocer que tía Horrible es una mujer con mucho carácter y excelente vitalidad. Impresionaba verla caminar, dando unas zancadas enormes y contundentes, como si intentara espa-

churrar un bicho que se le escapaba a cada paso. Yo la seguí, arrastrando penosamente la bolsa con mis tebeos y mis cosas. La vi alejarse deprisa, a pesar de que llevaba dos enormes maletas, y detenerse junto a una casona de piedra muy oscura cubierta de tejas, con ventanas y vigas de madera.

Cuando conseguí llegar, ya había abierto la puerta con una llave de hierro, haciendo un ruido muy desagradable. Dejé la bolsa en el zaguán, junto a las maletas. Tía Horrible me guio entonces por una empinada escalera hasta la planta de arriba, donde se encontraba mi habitación. Encendió la lamparita que había sobre un arcón al lado de la cama y se cruzó de brazos esperando a que me desnudara. Aunque me dio vergüenza quedarme en calzoncillos delante de ella, me quité la ropa y la coloqué bien doblada sobre una silla que había junto a la ventana. Desde allí se veía el bosque que había detrás de la casa, pero tía Horrible me dijo que no me entretuviera, que ya tendría ocasión de contemplarlo a mi antojo cuando fuera a ver a la abuela.

—¿Quién es la abuela? —pregunté algo intrigado.

—Es la persona más vieja de estos contornos —contestó con sequedad apretando los labios—. Procura descansar, porque mañana tendrás que llevarle algunas cosas.

Entonces se volvió, cerró la puerta y se alejó escaleras abajo, dejándome solo. Ni siquiera se me ocurrió pedirle la cena, ante el temor de que fuera a ofrecerme de nuevo el bocadillo de tortilla. Así, agotado como estaba, me encogí bajo la pesada manta, imaginé que mi madre venía a darme un beso y no tardé en quedarme dormido.

3

El bosque

Me despertó el desagradable graznido de las urracas. Desde la cama pude verlas revolotear delante de la ventana, alguna de ellas picoteando el cristal. Había oído decir que estos pájaros se sienten atraídos por las cosas brillantes y ahí estaba la prueba de que era cierto, porque el sol entraba de lleno en la habitación y se reflejaba en la ventana.

Como no conseguí dormirme de nuevo y estaba calentito, eché una ojeada a la estancia. Había un gran armario, cuya parte alta estaba tallada con extraños seres ensamblados entre sí; de las esquinas superiores sobresalían dos poderosas figuras, como las de los mascarones de proa de algunos barcos

antiguos. Era fantástico ver el armario, plantado sobre cuatro pezuñas en el centro de la pared, pero me alegré de no haberlo visto la noche anterior.

Miré debajo de la cama, por si había algo interesante. A mi derecha se encontraba el arcón; era de madera vieja, claveteado con láminas de hierro y cantoneras; tenía un enorme cierre simulando las fauces de un animal y enseguida me entraron ganas de abrirlo. Salté de la cama y levanté la pesada tapa.

Olía a humedad. Revolví entre los trapos viejos y polvorientos, pero allí no había nada, a excepción de una polilla muerta, unas monedas roñosas y un libro muy estropeado; lo cogí y, a pesar de que era grande, no pesaba demasiado. Froté con un trapo la cubierta, hasta que conseguí entender lo que ponía:

Caperucita Roja

Estaba quedándome helado. Me metí de nuevo en la cama con el libro y empecé a hojearlo. El papel era áspero y crujió; en el centro de la primera página se leía con letras muy chiquititas:

«Esto es una moraleja:
¡ay de aquel que el sendero deja!
Sed sagaces,
un lobo se esconde tras mil disfraces.

Es una verdad evidente,
cuanto más dulce la lengua, más afilado
es el diente».

Aunque consideraba que se trataba de un cuento demasiado infantil, la moraleja me intrigó. La bolsa con la *game-boy* y mis tebeos de Batman se habían quedado abajo, así que pasé una página más y empecé a leer:

«Érase una vez una niña que vivía en las proximidades del bosque...».

Cuando terminé de leerlo quedé impresionado por la forma realista en que estaba contado y el brusco final, en el que Caperucita moría devorada y ningún leñador acudía a rescatarla. Algunos fragmentos todavía daban vueltas en mi cabeza...

«El chasquido de dientes y el aliento del lobo...».

La imagen de las patas manchando las sábanas de barro quedó grabada en mi memoria.

Entonces escuché un sonido de pasos: «Tap, tap, tap», y el crujido rítmico de la escalera. Cerré enseguida el libro, lo metí en el arcón y me encogí bajo la manta.

La puerta se abrió.

—Abajo tienes la leche enfriándose —la voz seca de tía Horrible irrumpió en la habitación, las manos huesudas, como garras, sujetando la puerta.

—Ya voy, tía —dije dando un salto de la cama.

En menos de cinco minutos, ya estaba en la cocina, desayunando leche tibia y tostadas con ajo. Era sábado y hasta el lunes no tenía que ir al colegio. Después de lavarme la cara y recoger mi habitación, tía Horrible me tendió un cestillo de mimbre con las cosas que debía llevarle a la abuela, que vivía en lo más profundo del bosque.

—Si sigues la senda, irás a parar derechito a la casona —tía Horrible me miró—. No tiene pérdida, así que no debes tener miedo.

—¿Por qué tendría que tenerlo? —pregunté, al mismo tiempo que una urraca graznaba sobre nuestras cabezas.

En lugar de contestarme, me tendió el chubasquero y dijo:

—Los bosques son como son, de modo que no te detengas.... —añadió por encima del parloteo de las urracas—. Si te pierdes, no se te ocurra gritar, porque no te oirá nadie. Además, se han visto lobos por allí.

Dicho esto, cerró la puerta.

Debo reconocer que cuando me interné en el bosque estaba un poco asustado. Pero el revoloteo de las aves y el alegre tamborileo de un pájaro carpintero hizo que las palabras de tía Horrible perdieran gravedad. De vez en cuando, alguna ardilla rompía la monotonía con sus veloces correteos y sus saltos entre las ramas. Era fabuloso encontrarse arropado por cientos de árboles, porque un viento húmedo presagiaba tormenta.

Aunque no podía verlos, imaginaba bajo la tierra los túneles de los topos, las madrigueras de las musarañas y los ratones. Yo sabía, porque lo habíamos dado en Conocimiento del Medio, que las comadrejas y las jinetas los estarían acechando.

Me paré bajo una encina a recoger bellotas, silbando contento. A pesar de que estaban un poco amargas, me parecieron deliciosas, porque, al menos, mataron el sabor a ajo de mi boca. Creo que fue ahí cuando oí el chasquido de una ramita al romperse y me di cuenta de que los pájaros habían dejado de cantar.

«Tranquilo, Supercharli», me dije.

«Los bosques son como son...», había dicho tía Horrible, de manera que no debía asustarme porque una ardilla hubiera quebrado una rama.

«... Se han visto lobos por allí».

Pero entonces una piña cayó al suelo: «¡Tump...!» —¿o no era una piña?—, y sentí un escalofrío. Después, en medio del silencio, un resplandor como un *flash* iluminó todo el cielo y el estruendo del trueno pareció romper el bosque por la mitad.

El hecho de que empezara a llover y que la capucha me aislara de los sonidos del bosque no me tranquilizó en absoluto. Por otro lado, el chubasquero que me había dado tía Horrible era rojo, como el de Caperucita. Me di cuenta de que estaba corriendo a ciegas abandonando el camino.

«Ay de aquel que el sendero deja».

No podía dejar de correr. Mientras corría, empezó a dar vueltas en mi cabeza el cuento de *Caperucita Roja*.

«El chasquido de dientes y el aliento del lobo...».

Estaba terriblemente agotado cuando me escondí tras unos matorrales. Me senté sobre un tronco hueco e intenté calmarme, diciéndome a mí mismo que todo eran fantasías. Un pequeño escarabajo pasó por mi mano y lancé un grito, al tiempo que me incorporaba de un brinco. Cuando conseguí dejar de temblar me sentí avergonzado, seguro de que Batman no habría reaccionado como yo lo hice.

Salí de mi escondrijo lo más dignamente que pude y comprobé que por allí no había ningún lobo; además, en el cuento se zampaba primero a la abuela, de manera que podía estar tranquilo.

Poco a poco dejó de llover. Los pájaros reanudaron sus charlas y las ardillas sus correteos. Reuní el suficiente valor para echar a andar, dejándome guiar por el olor a encina quemada, hasta que divisé a lo lejos la columna de humo de una chimenea. No sabía si provenía de la casona donde vivía la abuela, porque llegué por la parte de atrás y desde ese lugar no podía ver el sendero. Rodeé la casa de gruesos muros de pizarra y, efectivamente, allí se encontraba el camino. Las sombras de los árboles más altos caían sobre el porche cuando llamé a la puerta.

—¿Quién es? —preguntó una voz cascada desde el interior.

—Soy Carlos, abuela —contesté—. Mi tía me ha enviado.

—Pasa, querido, estoy en la cama.

Pensé que esa voz ronca sólo podía pertenecer al lobo imitando a la abuela, pero, a pesar de todo, empujé la puerta, atravesé tiritando el oscuro salón y entré en la habitación. El suelo era blando y mullido, como si hubiera moqueta o una alfombra muy gorda. Un rayo de luz se colaba entre las gruesas cortinas, de modo que la oscuridad no era total. No obstante, el rostro de la abuela permanecía en la penumbra.

—No sé cómo he dado con la casa —dije sin levantar demasiado la voz.

—¿Has abandonado el sendero? —preguntó la abuela, pero nada se movió.

—Sí... —contesté, sabiendo que todo aquello era demasiado extraño.

—Te has asustado y has corrido, ¿verdad? —la voz de la abuela era ronca.

Noté las manos húmedas por el miedo. Entonces me sorprendí a mí mismo diciendo:

—Qué voz más ronca tienes, abuela...

Y enseguida me arrepentí, porque a continuación tendría que preguntarle lo de los dientes, como en el cuento; vería las huellas de barro sobre las sábanas y el lobo saltaría sobre mí para devorarme. Pero, en lugar de eso, dijo:

—Es que he pillado un resfriado de mil demonios —y tosió, para confirmarlo—. ¿Quieres apartar las cortinas, hijito?

Me apresuré a obedecerla, moviéndome torpemente en la oscuridad. Cuando entró la luz del sol en la habitación, una adorable anciana de pelo blanco me sonreía. Sobre la mesita de noche había un par de libros, una revista, pañuelos arrugados y frascos de medicina. Los muebles eran alegres y relucientes, de madera de pino, y la colcha tenía todos los colores del campo en una mañana de primavera. De la lámpara colgaban cristalitos brillantes, que arrojaban diminutos arco iris sobre las paredes. Había multitud de cajitas de todos los colores y tamaños; pero lo que más me llamó la atención fueron las flores bicolor: rojas y verdes, amarillas y violetas, bancas y negras..., con el corte del color justamente en la mitad.

—¿Te gustan? —preguntó sonriendo.

—¡Es fantástico! —exclamé emocionado—. ¡Parece cosa de magia!

—Algún día te contaré el secreto.

En ese momento, imaginé que la abuela podía ser un hada.

—Déjame ver la cesta, cariño —la puse sobre la cama y añadió—: Siéntate aquí, a mi lado.

Yo no paraba de sonreír. Estaba tan contento de que no me hubieran comido, que habría preferido dar saltos por la habitación en lugar de sentarme. Mientras curioseaba la cesta, la abuela me miraba y yo miraba las flores.

—Eres mucho más guapo de lo que cuenta tu tía Etel.

—¿Mi tía dice eso de mí? —me extrañé.

—Está encantada de tener un sobrino como tú.

—Pero si nunca me había visto antes.

—Bueno, bueno —dijo moviendo una mano arriba y abajo—. Ella se carteaba con tu madre y se enviaban fotos.

—Pues yo tengo la impresión de que la molesto.

—¡Qué tontería! —exclamó la abuela. Entonces se puso muy seria y dijo casi en un susurro—:

Quiero que sepas que siento mucho lo de tus padres. Ha sido algo espantoso..., y en tan poco tiempo. Pero estoy convencida de que en Robledo sabremos darte un hogar.

Guardé silencio porque no se me ocurría qué decir. La abuela sacó de la cesta una lata redonda, repleta de bombones, trufas y caramelos.

—Come, cariño. Tenemos que acabarlos antes de que se los coman otros —y cerrando los ojos mientras saboreaba una trufa, añadió—: ¿Es cierto que te apasionan los tebeos?

—¡Mucho! —repuse con entusiasmo—. Sobre todo los de Batman.

—Háblame de Batman.

Entonces le conté lo maravilloso que era verlo en acción: correteando por las azoteas de los rascacielos y balanceándose entre los edificios como un murciélago a la luz de la luna. Le conté cómo perseguía al Pingüino por las alcantarillas, mientras el Espantapájaros le acechaba escondido en los oscuros callejones y Catwoman le observaba desde los tejados; le hablé de Joker, Enigma y Doscaras, y también de Robin, su fiel compañero.

—Es una pena que no tenga ningún tebeo para ofrecerte. Aunque puedo contarte una historia.

—¡Vale! —exclamé cogiendo un caramelo.

—¿Conoces el cuento de *Hansel y Gretel?*

—Pues no... —respondí dudando—. Me parece que no.

Entonces, sin dejar de sonreír un momento, empezó a contar:

—«Cerca de un gran bosque, se alzaba una humilde cabaña donde vivían con sus padres dos niños...».

4

La bruja

—¿Te ha gustado? —me preguntó la abuela.

—Mucho —contesté impresionado—. Pero me dio un poco de miedo cuando la bruja le pidió a Hansel que le enseñara el dedo.

«¡A ver si engordas, niño, porque voy a comerte muy pronto!».

—Así deben ser los cuentos: emocionantes, terroríficos, maravillosos... —la abuela soltó una carcajada—. Pero no olvides que sólo es un cuento.

Debo reconocer que me impresionó todavía más que *Caperucita Roja*. La abuela contó la historia con todo tipo de detalles, incluso el sonido del cuchillo al ser afilado:

«¡Ris-rass...! ¡Ris-rass...!».

Abría mucho los ojos y exageraba los gestos que hacía con las manos. Cuando imaginé a Gretel encendiendo el horno donde iban a asar a su hermanito, sentí escalofríos.

«Pero Gretel empujó a la bruja con fuerza y cuando cayó a las llamas, cerró la puerta del horno echándole el cerrojo».

La bruja me dio mucha pena. No podía dejar de imaginarla ardiendo.

«Los terribles gritos de dolor y el humo espeso y maloliente que se extendió por toda la casa...».

—Coge otro —dijo la abuela, señalando los bombones—. ¿No ves que estás muy delgado?

Cogí un caramelo, nervioso.

—Veo que estás tiritando —de nuevo la abuela soltó una carcajada—. Lo mejor será que encendamos la chimenea y comamos algo. Haz el favor de bajar al sótano por leña, mientras yo me pongo la bata y me aseo un poco.

—¿Es esa puerta de hierro que está junto a la chimenea? —pregunté, recordando haberla visto al cruzar el salón.

—Esa misma —y añadió—: Ten cuidado con la puerta, porque a veces se atasca.

Recorrí el salón, cuyas ventanas continuaban cubiertas por las cortinas que impedían el paso de la luz. Al llegar junto a la chimenea, eché a un lado la pala de hierro y el atizador y corrí el cerrojo de la pequeña puerta. Bajé los escalones de madera, con mucho cuidado, sobresaltándome cuando alguno crujía. A pesar de que se trataba del sótano, no estaba tan oscuro como el salón, porque el sol se colaba a través de un ventanuco. Sin embargo, los rincones estaban tan negros como la boca de un lobo, por lo que tuve que tantear encogido, apartando las telarañas y los cacharros que colgaban de las vigas, hasta que encontré la pila de leña.

Arriba, los vacilantes pasos de la abuela atravesaron el salón: «Tap, tap, tap», se detuvieron junto a la chimenea y continuaron después en dirección a la cocina. Cargué unos troncos y subí de nuevo los escalones, que ahora se quejaban con mayor intensidad por el aumento de peso.

Empujé la puerta, pero no cedió. Lo intenté de nuevo, aunque estaba claro que se había atascado. Sentí miedo, pero recordé que la abuela ya me lo había advertido. Dejé los troncos sobre el pequeño rellano y golpeé con los nudillos.

—¡Abuela...! —grité, pero no contestó.

«¿Y si la puerta no está atascada, sino atrancada desde fuera?».

Entonces la imaginación empezó a funcionar muy deprisa, como cuando iba por el bosque y creí que el lobo me acechaba para devorarme. Imaginé que la abuela había echado el cerrojo intencionadamente; podía verla en mi mente ordenándome que le enseñase el dedo, para comprobar si había engordado con los caramelos que me había dado en su dormitorio. Después diría:

«¡A ver si engordas, niño, porque voy a comerte muy pronto!».

Todo sucedería como en el cuento de *Hansel y Gretel,* aunque yo no tendría una hermanita valiente para salvarme en el último momento.

Decidido a tranquilizarme, respiré hondo unas cuantas veces y me dije a mí mismo que tan sólo eran fantasías, porque estaba claro que la abuela no me había oído. Cuando conseguí tranquilizarme, abrí el postigo de la puerta y miré a través de él, pero tampoco la vi. La imaginé en la cocina, afilando un enorme cuchillo.

Estaba desconcertado y terriblemente nervioso. Toda mi vida leyendo tebeos, admirando a los superhéroes e imaginando que vivía peligrosas aventuras, y ahora tenía ganas de llorar. Me senté en el rellano de la escalera, apartando con cuidado los troncos, aunque no pude evitar que algunos rodaran y se estrellaran contra un montón de botellas que había en el suelo del sótano. Fue tan tremendo el ruido que me encogí con la impresión de haber hecho algo malo. Entonces me reí, porque ¿qué podía hacerme la bruja que fuera peor que comerme?

Miré el ventanuco de madera por el que entraba la luz. Se trataba de un cerco sin bisagras atornillado a la pared, con una rejilla de alambre y un grueso cristal lleno de churretes. Seguro que Batman escaparía por ahí.

Estaba claro que no debía romper el cristal, porque entonces la bruja vendría con el cuchillo. Busqué por los estantes llenos de telarañas, volcando tarros y retirando todo tipo de trastos, hasta que vi, junto a unos tiestos, una caja de zapatos con algunas herramientas. Casi todo el material que había dentro se encontraba en mal estado: el martillo roto, las tenazas bloqueadas por el óxido y la mayor parte de los clavos inservibles; pero, afortunadamente, encontré un destornillador, algo doblado y oxidado, aunque de tamaño aceptable.

Apilé todos los troncos que pude hasta que conseguí encaramarme sobre ellos y alcanzar el ventanuco. Entonces, mientras la bruja afilaba el cuchillo en la cocina: «¡Ris-rass...! ¡Ris-rass...!», empecé a desatornillar el cerco.

Colarme por el hueco fue tan sencillo que no pude contener una risa nerviosa. Aunque sabía que me encontraba en peligro, me gustó la idea de dejar el pequeño ventanuco con el cristal y la rejilla colo-

cados de nuevo y el cerco perfectamente atornillado. Disfruté imaginando la confusión de la bruja al no hallarme en el sótano y no notar indicio alguno de fuga, ya que a excepción de la pila de leña, intenté dejarlo todo tal y como lo había encontrado.

Entonces eché a correr, saltando sobre la jara, el tomillo y el brezo que me cubrían las rodillas, hasta que tropecé con una raíz y rodé sin control por una pendiente. Fui a parar a una vieja vereda entre dos lomas repletas de arbustos que ascendían por encima de mi cabeza. Numerosos árboles coronaban la cima, tan unidos unos a otros que tuve la impresión de encontrarme en un túnel.

Como no sabía en qué dirección estaba la casa de tía Horrible, decidí marchar hacia arriba, porque estaba seguro de que se hallaba en lo alto de un cerro, sobresaliendo del bosque. Caminar por el viejo sendero resultó agotador, pues estaba cubierto de arbustos y hojas caídas de los árboles que hacían el suelo resbaladizo. Durante el trayecto vi muchos árboles viejos y nudosos: robles, cedros, fresnos y avellanos, que habían dado sombra durante siglos al profundo y desgastado camino.

Debía de llevar casi una hora andando cuando escuché los primeros cacareos, seguidos de gruñidos y acompañados de un fuerte olor a animales: allí había una granja. Escalé la empinada pendiente y, al instante, unos perros comenzaron a ladrar; me dejé caer rendido sobre la hierba, contemplando el revoloteo de los pájaros. Algo más alejado, sobresaliendo por encima de un grupo de olmos, pude ver otra casa y el humo que salía de las chimeneas ocultas entre los árboles. De nuevo me encontraba en Robledo.

Coronando el cerro con el bosque detrás, se alzaba la oscura casa de tía Horrible.

Naturalmente no le comenté nada sobre las intenciones de la abuela. ¿Qué hubiera podido decirle? Algo así como: «¡Tía, tía, la abuela ha querido comerme!». Supuse que no me creería. Así que después de cenar un plato de migas y una cuajada, fui corriendo a mi habitación y me metí en la cama. Ni siquiera tuve ganas de leer el tebeo de Batman.

Pasé toda la noche agitado y nervioso, soñando angustiado con cuchillos, cerrojos y hornos, vigilado a través del postigo por la mirada voraz de la abuela.

5

EL OGRO

Por la mañana desperté sobresaltado. Una urraca picoteaba el cristal de la ventana, mientras las otras palmoteaban a su alrededor creando inquietantes efectos de luces y sombras en la habitación.

Me picaba una mano, me escocían las rodillas y tenía el tobillo derecho dolorido, así que me puse a la tarea de hacer un inventario de pupas. Descubrí que el nudillo lo tenía repleto de diminutas espinas, que intentaría sacarme en algún otro momento, cuando me aburriera; en el brazo descubrí un arañazo profundo, con sangre seca y todo eso, pero no me dolía ni nada; la rodilla derecha aparecía hinchada, las piernas estaban pegajosas y repletas de rasguños; al mover el tobillo me daba pinchazos, de manera que tendría que andar con cuidado y evitar, en lo posible, correr.

Poca cosa. Respiré hondo y salté de la cama con la intención de curiosear en el armario.

Cuando abrí la puerta, un fuerte olor a naftalina me saltó a la nariz. Toda la ropa que tía Horrible había traído en las gigantescas maletas colgaba de las perchas; los jerséis impecablemente doblados en una balda; las botas negras y las deportivas estaban colocadas en orden, junto a la bolsa de deporte, con mis cosas.

Ya iba a abrirla para echar una partida con la *game-boy* cuando descubrí en un estante dos libros similares al de *Caperucita Roja,* aunque éstos parecían en mejor estado.

Cogí el primero de ellos y leí el título:

Pulgarcito

Conocía ese cuento, pues mi madre me lo había contado numerosas veces de pequeño. Me apetecía mucho leerlo, así que me metí de nuevo en la cama y pasé las páginas:

«Había una vez un leñador y una leñadora a quienes les nació un niño tan pequeño como el dedo pulgar...».

Estaba seguro de que mi madre no me lo contaba así. Recordaba vagamente cuando la mujer levantó la tranca, abrió la puerta al pequeño y le advirtió:

«¿No sabes que en esta casa vive un ogro que se come a los niños?».

Y cuando la mujer escondió al niño y el ogro no se fiaba ni un pelo, olfateando por todas partes, a derecha e izquierda...

«¡Te digo y te repito que huelo a carne fresca, y aquí hay algo que no está claro!».

Pero cuando el ogro cogió el hacha para degollar a Pulgarcito, se me pusieron los pelos de punta. Menos mal que el pequeño fue más rápido y mucho más listo, pues logró que le confundiera con su propia hija...

«Cuando subió por la mañana y vio a su hija decapitada y nadando en un mar de sangre, se quedó de piedra. El ogro agarró enseguida sus botas de siete leguas...».

Temblando todavía, guardé el cuento en el armario y me puse ropa limpia. Estaba anudándome las botas, cuando el crujido de los escalones me indicó que tía Horrible se acercaba. Cogí de la bolsa el tebeo de Batman y fingí leerlo.

La puerta se abrió.

—Antes de ponerte ropa limpia deberías haberte lavado —durante unos segundos que parecieron horas, me miró con los labios apretados—. Baja al cuarto de baño y después desayunas, te lavas los dientes, haces tu cama, arreglas la habitación y metes la ropa sucia, doblada, en el cesto que hay en el cobertizo.

«¡Blamm...!», sonó la puerta cuando se marchó; «Ñec, ñec, ñec», se quejaron los escalones. Tardé exactamente una hora y diecisiete minutos en cumplir todas sus órdenes, con el añadido de que grapé el póster de Batman sobre la pared. Y, maravilla de las maravillas, en casa de tía Horrible los domingos, además de las tostadas con ajo, se desayunaba buñuelos.

Después de recoger la ropa sucia y curiosear por el cobertizo, recordé que tenía que escribir a Alejandro. Subí a mi habitación, cogí el bolígrafo, arranqué algunas hojas de un cuaderno y empecé a escribir, apoyado sobre el arcón.

Hola, Alejandro:

Tengo una tía espantosa que me raptó el otro día en el hospital y para desayunar me da tostadas con ajo. Me ha traído a un pueblo muy pequeño lleno de urracas y he conocido a una vieja que vive en el interior del bosque y que quiso comerme.

Por lo demás, todo bien. El último tebeo de Batman es una pasada. Lo que más me gustó fue cuando Doscaras sacó la navaja de afeitar y empezó a cortarle las pestañas a Robin. Hay que reconocer que Robin es un tipo guay, porque ni siquiera tembló ni dijo dónde se encontraba Batman herido. Ya lo he leído lo menos diez veces. Dile al profe que ya no iré más al colegio, porque tendré que vivir con mi tía en Robledo para siempre.

Intentaré escribirte otro día, si no me he perdido en el bosque o me ha comido alguien. Saluda a Virginia, a Gonzalo, a Jorge y a Chiru, y guárdame el próximo número de Batman, por si no puedo comprarlo aquí. Bueno, ya no se me ocurre nada más que decirte.

Charli

PD: ¡Qué suerte tienes, tío!

Se me saltaron las lágrimas al pensar que Alejandro tenía a sus padres enteritos y vivos, aunque le regañaran un montón y no le dieran paga los domingos. En esos momentos estaría viendo la tele o jugando en la calle al balón, después de haber desayunado bollos con mermelada y chocolate calentito. Me sequé los ojos con la manga, doblé las hojas y las metí en el bolsillo del pantalón. Cogí el monedero, la lupa, la linterna y la navaja de explorador y lo guardé todo en el chubasquero.

Tía Horrible me indicó dónde estaba la tienda de comestibles en la que vendían de todo. Era pequeña y oscura, sin escaparate, y no tenían choconubes, dedos mágicos, ni tochos picapica. Recuerdo que me extrañó no encontrar ningún niño, aunque debo reconocer que era demasiado temprano. Después de comprar el sobre y el sello, mientras el tendero me miraba como si fuera a robar, eché la carta en un buzón de madera y me alejé sin ninguna prisa. Tenía todo el día para mí solo. Sin televisión, sin amigos ni deberes, lo único que se me ocurrió fue dar una vuelta y explorar los alrededores.

Caminaba bajo los árboles sin ninguna gana, dándole patadas a las piñas. Descargué la rabia sobre un montículo de hojas, musgos y líquenes y enseguida me arrepentí, porque quedaron al descubierto diminutas cámaras y pasadizos por los que correteaban multitud de hormigas rojas. Aquello suponía una enorme desgracia para ellas, ya que la temperatura en el interior del hormiguero descendería y la lluvia penetraría por los agujeros inundando las cámaras. Mi descuido significaba trabajo extra para las hormigas y, con toda seguridad, la muerte para cientos de ellas. Estuve observándolas durante un buen rato con la lupa; al final, restauré como pude el montículo, sabiendo que no sería suficiente, y me alejé deprimido pensando en mis padres.

Debí de recorrer un buen trecho sin darme cuenta de por dónde caminaba, hasta que un gruñido me sacó de mis pensamientos. Aunque no vi las manchas de barro sobre la corteza de las encinas, tampoco hubiera adivinado en ese momento que se trataba de las marcas de un animal. Delante de mí había dos jabatos jugueteando, dándose topetazos y revolcándose en el lodo. Estuve mirándolos durante un rato, evitando cualquier ruido que pudiera asustarlos. De pronto, surgió atravesando los espesos matorrales un jabalí adulto increíblemente voluminoso. Parecía muy furioso y arremetió contra mí sin pensárselo dos veces.

Por puro reflejo conseguí retirarme a tiempo. Pude ver cómo el jabalí derrapaba, recuperaba de nuevo el equilibrio y se lanzaba sorteando los brezos en una nueva embestida. Corrí con todas mis fuerzas, arañándome la cara con las ramas de los árboles y el jabalí detrás resoplando y gruñendo, gruñendo y resoplando, hasta que tuve la suerte de resbalar con las hojas podridas del suelo y rodar por una pendiente.

Sin pretenderlo me encontré de nuevo en el viejo sendero. Miré hacia arriba pero el jabalí, a pesar de que gruñía enfurecido, había dejado de seguirme. Después de sacudirme los pantalones y comprobar que solamente tenía unos rasguños sin importancia, me soné los mocos y decidí caminar en dirección contraria a la casa de la abuela.

A pesar de la penumbra había algunas flores. Siempre he asociado las flores con la primavera y el sol, y no se me ocurrió pensar que podían crecer en sitios de sombra, entre las húmedas raíces y el musgo. El olor de la corteza, la hierba húmeda y la resina eran vivificantes y por un momento tuve la impresión de que algo importante me unía a ese viejo sendero.

De pronto, caí en la cuenta de que los pájaros llevaban un buen rato en silencio y no se los veía revolotear. Una racha de aire agitó las ramas altas y quedaron al descubierto numerosos jirones de nubes, bajo una procesión de cúmulos. Como no me apetecía volver a casa con tía Horrible, me apresuré a comprobar adónde me llevaba el sendero antes de que empezara a llover.

El camino se fue volviendo poco a poco más intrincado y oscuro; los viejos árboles acompañaron mi marcha, con sus raíces nudosas y sus ramas retorcidas, hasta que formaron un entramado tan espeso que el sendero quedó ahogado por completo. No podía hacer otra cosa que regresar o subir por la loma hacia la parte alta del bosque. Ascendí como pude agarrándome a los matorrales, porque la pendiente estaba muy resbaladiza.

Cuando desde arriba vi lo espeso que era el sotobosque, comprendí que acabaría por perderme como Pulgarcito. El interior del bosque estaba en penumbra y yo tenía un miedo espantoso.

«Pulgarcito estaba desesperado, porque cuanto más se adentraba en el bosque, más se desorientaba. A cada paso que daba se escurría y se caía en el fango...».

Con la navaja fui haciendo marcas a intervalos regulares, señalando la dirección de donde venía para poder encontrar más tarde el camino de vuelta. Después, las matas y los arbustos comenzaron a ralear. De pronto retumbó un trueno y, al momento, empezaron a caer enormes gotas.

Empecé a caminar más deprisa. A pesar de que resbalaba una y otra vez, me levantaba de nuevo embadurnado de barro y continuaba marcando los árboles hasta que una peña me impidió continuar.

«Pulgarcito trepó a un árbol para ver si divisaba algo...».

Trepé a lo alto de la peña. Después de mirar en todas direcciones, vi humo a lo lejos, en lo que parecía un claro del bosque. Bajé rápidamente y me dirigí en aquella dirección; al cabo de un buen rato, descubrí una casa de pizarra, como las del pueblo, rodeada por una cerca de piedras.

Llamé tímidamente a la puerta y nadie me abrió. Luego golpeé con fuerza una y otra vez, hasta que una mujerona de aspecto descuidado salió a abrir. Después de explicarle quién era, le pregunté si podía secarme a la lumbre.

—¡Pobrecito! —dijo la mujer—. No te quedes ahí. ¡Anda, entra!

Me hizo pasar y me llevó junto a un hermoso fuego sobre el que ardían unos chispeantes troncos.

—Has tenido suerte de que no haya abierto mi marido.

—¿Por qué dice eso, señora?

—Porque no le gustan los niños —repuso la mujer, mirando nerviosa a un lado y a otro—. Ponte cómodo, cielo. Yo me voy a la cocina, que todavía no está lista la comida.

La mujer se marchó a la cocina, donde empezó a trastear; mientras revolvía algunos cacharros, me pareció oírla hablar, aunque también podía estar tarareando alguna canción.

Cuando apenas había conseguido entrar en calor, se oyeron tres enormes aldabonazos en la puerta de roble. Apareció la mujer, quien después de decirme que guardara silencio, se fue a abrir la puerta. ¿Sería su marido un ogro? Los oí hablar durante un buen rato, pero no entendí nada.

El ogro entró en el salón sin saludarme, olfateando el aire. Llevaba un enorme hacha en la mano, se sentó frente al fuego y, sin dejar de mirarme, empezó a afilarla.

—¿Tienes que ponerte con eso ahora?

—No tengo otra cosa mejor que hacer —replicó *el ogro.*

—Podrías ayudarme y poner la mesa —se quejó la mujer.

—Vengo de trabajar y estoy cansado —dijo enfadado—. ¡Toda la mañana cortando leña y cuando llego ni siquiera está la comida!

—¡Claro que está la comida! Sólo quiero que me ayudes para que el cordero no se enfríe.

—Está bien —repuso *el ogro* dejando el hacha de mala gana, mirándome con ojos voraces.

La mujer cortó el cordero y me puso un buen trozo con patatas asadas, aunque apenas lo probé, porque tenía el estómago encogido por el miedo. En cambio, ellos comieron con excelente apetito y bebieron vino sin parar, gastándose continuas bromas. Acabaron por quedarse dormidos sobre la mesa, roncando ruidosamente.

Aproveché ese momento para levantarme de la mesa e ir de puntillas hacia la puerta. Saqué la linterna del chubasquero y me alumbré con ella, porque el pasillo estaba demasiado oscuro y no quería tropezar. Levanté la tranca y, aunque era tremendamente pesada, conseguí mover la puerta con mucho esfuerzo, estremeciéndome con cada chirrido que daba, por temor a despertarlos. Fuera continuaba lloviendo, aunque a mí no me importó, porque cuando la abrí lo suficiente para poder pasar, salí corriendo despavorido en la misma dirección por la que había venido.

No me costó demasiado dar con la peña desde la que había divisado la casa. Después, no tuve más que seguir las marcas que había hecho con la navaja sobre la corteza de los árboles, hasta que de nuevo me encontré abrigado y a salvo bajo la bóveda del viejo sendero.

Por el camino me di cuenta de que todo cuanto había ocurrido en casa de los ogros correspondía a lo que había leído en el cuento de *Pulgarcito*. Me preguntaba cómo podía ser que horas después de leerlo me sucediera a mí lo mismo. ¿Acaso me estaba volviendo loco? El día anterior, después de leer *Caperucita Roja*, tuve la impresión de que en el bosque me acechaba el lobo, aunque eso estaba claro que había sido producto de mi imaginación.

Pasé toda la tarde caminando por el bosque, intentado aclarar mi espantosa situación. Después de darle vueltas y más vueltas, llegué a la conclusión de que no podía tratarse de una casualidad, como tampoco era una casualidad que tía Horrible me diera el chubasquero rojo, comentara la presencia de lobos en el bosque y me enviara con una cesta a casa de la abuela.

Cuando regresé a Robledo, ya empezaba a anochecer. Tía Horrible ni siquiera me regañó por haberme saltado la comida; con su tono de voz seco, dijo que las acelgas estaban sobre la mesa.

—Corta un poco de leña y corre a lavarte, que he puesto sábanas limpias —gruñó casi sin mirarme—. Y acuéstate pronto, porque mañana vas a empezar tus clases de apoyo.

Mientras hacía esas tareas, seguí meditando sobre el asunto. Al meterme en la cama ya no me parecieron extrañas tantas casualidades, porque era evidente que los cuentos estaban en mi habitación por algún motivo. Sin embargo, la abuela me había contado la historia de *Hansel y Gretel* y después había querido comerme, y eso no parecía haberlo preparado mi tía. De cualquier manera, mis sospechas eran que tía Horrible quería deshacerse de mí, porque estaba convencido de que era ella la responsable de todo lo que me había ocurrido hasta ese momento: puede que mis padres tuvieran muchísimo dinero, como los padres de Batman, e hiciera todo eso para quedarse con la herencia. Aunque también era posible que me encontrara en un pueblo de caníbales. Estaba tan asustado que no podía dormir, temiendo que alguien pudiera entrar en la habitación para devorarme. Abrí la linterna y saqué la pila de petaca; desarmé la *game-boy,* extraje la chicharra que daba sonido a las partidas y, añadiendo un cordón, una pinza y un par de chinchetas, construí una pequeña alarma como la que venía en el libro *Mis experimentos.*

Después la coloqué en la puerta.

6

El castillo

Nada más despertar, miré el reloj: las 6:15. Faltaban casi tres horas para ir a clase y las urracas ya revoloteaban frenéticas alrededor de la ventana. Entonces recordé lo que tenía que hacer. Salté de la cama, quité rápidamente la alarma de la puerta y la escondí en la bolsa; después cogí el otro cuento.

Su título era:

El castillo de irás y no volverás

Me introduje de nuevo entre las sábanas, calentito, consciente de que aquello que iba a leer tendría que revivirlo más tarde de alguna manera, como había sucedido con los otros cuentos. En esta

ocasión, sin embargo, ya estaba avisado, así que empecé:

«Hubo una vez un muchacho muy atrevido que, viajando, viajando, llegó a un apartado lugar...».

¡Qué horror! Cuando terminé de leerlo, tenía el estómago encogido, recordando el aspecto terrible del ser que vivía en el castillo.

«Bien repantigado en un sillón y entre espantosos ronquidos dormía el gigante. El hedor era insoportable, rodeado de increíbles tesoros y de huesos humanos...».

¿Qué podría hacer yo si al llamar a un castillo me topaba de repente con un gigante? Correr sería estúpido, pues en media zancada acabaría por cogerme, pero plantarle cara y desafiarle requería muchísimo valor, más del que yo creía tener en esos momentos.

«Aunque aquel apestoso gigante no lo descubrió, Periquito se plantó delante de él, gritando a pleno pulmón, para que no le pisara con su pie de dos metros...».

«Ñec, ñec, ñec». De nuevo el sonido de pasos y el crujido rítmico de la escalera: tía Horrible subía. Eran ya las 7:45. Coloqué el cuento a toda prisa en el armario y empecé a vestirme.

La puerta se abrió.

—Antes de ir a clase, haz la cama y recoge todo esto, por favor.

—Claro, tía... —dije, llevándome una mano a la boca porque, sin darme cuenta, estuve a punto de llamarla tía Horrible.

—Y abre la ventana para que se ventile la habitación.

Dicho esto, cerró la puerta.

Después de devorar tres grandes tostadas con ajo y un vaso de leche, me lavé los dientes, eché mercromina en las nuevas heridas y me puse una tirita en el dedo. Entonces subí a mi habitación, cerré la ventana, estiré las sábanas y doblé la ropa del día anterior para llevarla a la cesta del cobertizo. Antes de bajar, busqué la navaja de explorador y la guardé en el bolsillo trasero de mi pantalón.

—Para ir a casa de don Aniceto deberás bordear ese ribazo —tía Horrible sujetaba la puerta de la calle, señalando con su dedo huesudo una elevación en el terreno—. Desde allí verás un cerro; tendrás que vadear un arroyo para llegar a él. Está en la parte más alta y la están reformando, por lo que no encontrarás a ningún otro niño.

Como no dije nada, continuó:

—Dile que le pagaré mañana los libros —me miró como si yo le debiera el dinero—. Corre y no vayas a llegar tarde el primer día; don Aniceto no soporta las faltas de puntualidad.

Entonces me cerró la puerta en las narices. «¡Blamm...!».

Olía a tierra húmeda y hojas mojadas. Por la noche había llovido abundantemente, aunque yo no me enteré. El cielo estaba totalmente gris, como si hubieran hecho desaparecer las nubes con un difumino. Los charcos reflejaban los árboles, todos del revés por arte de magia.

No tenía ganas de ir, temiendo lo que tía Horrible y don Aniceto hubieran podido tramar. Pero como no me quedaba otro remedio y ya eran las 8:35, me armé de valor, como hubiera hecho Batman, y corrí decidido en dirección al ribazo.

Las botas y las perneras del pantalón se me empaparon enseguida. Después de saltar una zanja y bordear el cercado, el camino se convirtió en hondonada y desembocó en una llanura casi desprovista de árboles. Había cantidad de ramaje abatido por el viento, árboles desgajados y matorrales salvajes y espinosos. Desde allí pude ver el cerro del que me habló tía Horrible, un altozano sobre el que se elevaba una casona gris de tres plantas con cubierta de teja.

Las ranas croaban entre los juncos. Al vadear el arroyo resbalé y metí la pierna hasta la rodilla, además de rasparme el tobillo. Mientras ascendía cojeando por la empinada ladera, los arbustos y las matas me servían de asidero y me pregunté cómo era posible que los niños fueran a un colegio tan inaccesible.

Consulté el reloj: ya eran las 8:53 y, como había dicho tía Horrible, no se veía ningún niño. Lo que me extrañó fue que en los dos días que llevaba en el pueblo ni siquiera los había oído. Unas piedrecitas rodaron entonces por la pendiente. Miré hacia arriba, pero no vi a nadie.

—¡Holaaa...! —grité, pero sólo me contestó el eco de mi propia voz.

Al llegar a la cima observé que el colegio estaba rodeado por un muro disimulado entre los chopos, aunque la verja de hierro estaba abierta. Recorrí un caminito empedrado, observando extrañado el edificio ruinoso: los canalones de desagüe semidesprendidos, las oxidadas rejas de las ventanas, los marcos desquiciados e hinchados por la humedad, los batientes condenados con crucetas y las gruesas vigas de madera que apuntalaban los muros; en el suelo descansaban restos de tejas. También había una pequeña hormigonera, algunos sacos de cemento y arena junto a una pila de ladrillos, lonas manchadas, gravilla, bidones de pintura y andamios desmontados.

Ascendí por una escalinata de piedra hasta la puerta, sobre la que colgaba un herrumbroso farol. En una placa se podía leer:

«Reformatorio de Robledo».

Quedé petrificado durante unos instantes, incapaz de pensar, porque se confirmaba todo lo que sospeché la noche anterior. Esta vez tía Horrible me había preparado la trampa definitiva con el fin de deshacerse de mí. Un reformatorio donde se entra, pero del que no se sale: *El castillo de irás y no volverás*.

El tañido lúgubre de una campana me hizo pegar un brinco y mirar el reloj: las 9:00 en punto. En ese momento supe que estaba a un paso de quedar atrapado. Comprendí que lo único que podía hacer era dar marcha atrás; intentar regresar a la ciudad para contarle a los padres de Alejandro, a mi profesor y al jefe de estudios de mi colegio lo que me estaban haciendo. Sería una aventura difícil, pero debía intentarlo. Lo malo fue que me lo pensé demasiado, la puerta se abrió y un gigante de más de dos metros me agarró por el brazo, tirando de mí.

—¡Son las nueve y un minuto!

—Pero... —intenté decir.

—Te has atrevido a llegar tarde —el gigante me miró ceñudo, con los ojos brillantes—. Mi nombre es don Aniceto y debería castigarte.

7

El gigante

Don Aniceto cerró la puerta y el portazo estuvo retumbando en mi mente durante un buen rato. Fui llevado casi en volandas por numerosos corredores, sorteando tablones y escombros, perseguido por el eco de nuestros pasos. Mientras mis ojos se hacían a la oscuridad interior pude ver, de manera fugaz, andamios de tubo recorriendo algunas de las paredes y travesaños de madera perdidos en la penumbra. Llegamos a un despacho viejo con muebles oscuros y ventanas emplomadas, como las de las catedrales, donde una lechuza disecada nos contemplaba con desdén desde lo alto de una librería.

El gigante se sentó en un sillón de cuero marrón y estuvo evaluándome durante un buen rato. Agarró un lapicero con su enorme manaza y lo partió: «¡Crac...!», sin dejar de mirarme.

—Sé cómo eres sólo con mirarte, porque mi profesión es conocer a los niños y extirpar todo lo malo que llevan dentro.

Estuve a punto de decirle que había resbalado en el arroyo y que por eso tenía las botas y los pantalones manchados de barro, pero no me atreví.

El gigante se levantó del sillón y anduvo por el despacho con las manos a la espalda, mientras el reloj de péndulo le marcaba los pasos; al pasar bajo la lámpara agachaba su enorme cabeza para no golpearse. No se me ocurrió qué decir, porque sabía que cualquier comentario sería malinterpretado; permanecí allí de pie, encogido y asustado, intentando imaginar lo que se me venía encima. Cuando el carillón del reloj marcó el primer cuarto, don Aniceto habló:

—Has llegado un minuto tarde tu primer día de clase. Pero como no quiero que pienses que soy demasiado severo, pasaré por alto esta grave infracción.

—Mi tía ha dicho que mañana le pagará los libros —susurré atemorizado.

La sombra de don Aniceto cayó sobre mí. Después dijo que tendría que superar unas pruebas de

ingreso para poder incorporarme al aula de quinto, que era donde me correspondía.

«Periquito miró al gigante, dispuesto con su inteligencia y valor a superar la prueba».

—¿Qué es lo que tengo que hacer? —le interrogué decidido, imitando a Periquito en *El castillo de irás y no volverás*—. En mi antiguo colegio sacaba buenas notas.

—Pero aquí seré yo quien te haga los controles —se rascó una oreja frunciendo el ceño—. Para empezar, desátate un cordón de la bota.

Así lo hice. Me explicó que se trataba de una prueba de ingenio, que consistía en agarrar ambos extremos del cordón, uno con cada mano, y conseguir hacer un nudo sin soltarlos. Yo sabía el truco, porque lo había leído en un libro de magia, pero hice numerosos intentos poniendo cara de desesperación. Por fin, crucé los brazos, agarré cada extremo del cordón con una mano y entonces los descrucé: el nudo ya estaba hecho.

—¡Humm...! —gruñó el gigante—. Debo reconocer que has superado la primera prueba con rapidez.

Pareció meditar un momento, tomó un libro de la estantería cuyo título era *Miscelánea matemática*, lo hojeó y volvió a dejarlo. Entonces me tendió un cuaderno y un lápiz y bramó:

—Elige un número de tres cifras cualquiera.

Yo escribí el 730.

—Escríbelo ahora en orden inverso.

Al ponerlo del revés resultó el 037.

—Coloca el mayor arriba y el menor abajo; después haz la resta.

Hice lo que me ordenó y el resultado de 730 - 037 fue 693.

—Escribe el total que te ha dado en orden inverso y suma las dos cantidades.

Sumé 693 + 396 = 1 089.

—Siempre que hagas estas operaciones con cualquier número de tres cifras, el resultado será 1 089 —me miró unos segundos para ver si había comprendido—. Es decir, siempre no, porque existen unos números que rompen la regla. La pregunta es la siguiente: ¿qué números son ésos?

Hice las mismas operaciones con el 421, el 980, el 107, el 644 y el 592. El resultado era siempre 1 089, como había dicho el gigante. Por más vueltas que le daba, no se me ocurría la solución. Me pareció una prueba muy difícil y no tenía ni idea de cómo resolverla.

El péndulo de bronce del reloj oscilaba de un lado a otro: «Tictac, tictac...», marcando los segundos. Don Aniceto paseó de nuevo por la habitación, fue hacia la ventana, la abrió y permaneció en silencio contemplando el paisaje. Desde donde yo estaba se veían los campos de cereales y los pequeños huertos; unas vacas pacían en la ladera del ribazo. Estaba nervioso, pero la contemplación del campo me relajaba. Me llamó la atención que hubiera dos encinas del mismo tamaño y un enorme chopo justo en el centro. Entonces, de manera automática, se formó la respuesta en mi mente, la comprendí sin necesidad de hacer una nueva operación.

—¡Los números capicúas! —exclamé dando un salto.

—¡Exacto! Si haces esa operación con cualquier número capicúa ya no obtendrás 1 089.

—Porque el resultado será 000 —entonces pregunté—: ¿Cuándo voy a estudiar con los demás niños?

—¿Qué niños? —exclamó con ojos calculadores y hambrientos—. Que yo sepa sólo tú necesitas clases de apoyo.

Sentí un escalofrío y una terrible certeza se formó entonces en mi mente. Iba a decir que él se comía a los niños, que en el pueblo no había visto ninguno porque las brujas, los ogros y los gigantes se los habían comido a todos. Iba a decirlo, cuando la voz de mi madre acudió en mi ayuda. En mi memoria, sus palabras cálidas y reconfortantes decían: «Si te dejas seducir únicamente por la fantasía, no podrás evitar que esas cosas acaben sucediéndote a ti».

—Aquí nadie se come a nadie, ¿verdad?

El gigante se llevó una mano a la boca, sorprendido. Después me miró con una sonrisa cálida y protectora. Su humor había cambiado repentinamente y su actitud ya no parecía amenazadora.

—¿Qué quieres decir?

—Me ha parecido que todo esto es una especie de juego o una espantosa broma maquinada por mi tía, aunque no sé para qué.

—¿Entonces por qué lo crees?

Sentí la necesidad de confiarle a ese hombre todo lo que había vivido desde que llegué al pueblo hasta ese momento. Sin ocultar una sola palabra, le conté mis experiencias, mis sospechas, mis inseguridades, mis miedos... Y al contarlo comprendí que aquello no se sostenía por ningún lado, era tan absurdo que me sentí ridículo y empecé a llorar.

Don Aniceto me abrazó. Revolviéndome el pelo, dijo:

—Pobre Supercharli. ¿No sabes nada de nada?

—Sé que esto no es *El castillo de irás y no volverás*.

—Eso ya es algo.

—Y que las brujas y los ogros de los cuentos no pueden salir de ahí.

—Veo que además de valiente, sabes pensar —contestó—. Creo que empiezas a darte cuenta de que, si no piensas, estás a merced de todo el mundo.

—Los niños siempre hemos estado a merced de todo el mundo.

—Es cierto —reconoció—. Por eso, es importante estar atento a lo que sucede a tu alrededor. Vas a cumplir diez años y ya no puede decirse que seas un niñito. Pero, claro, eso ya lo sabes.

Don Aniceto sacó un termo del aparador y se sirvió una taza de café.

—Sí —respondí enfrentándome a él—. También sé que usted no se come a los niños.

—Es verdad que no me como a los niños —don Aniceto seguía sonriendo—. Prefiero desayunar donuts y café con leche.

Y sacando del cajón dos donuts, me ofreció uno y el otro se lo tragó de un solo bocado.

8

UNA HISTORIA REAL

El camino de regreso lo hice en un estado de total confusión. El cielo se fue cubriendo de nubes amenazadoras; montones de nubes negras se apelotonaban encima de mí. De pronto restalló un relámpago, llenando de resplandores las resbaladizas rocas. Me convenía evitar los pocos árboles que crecían por la llanura y vadear rápidamente el arroyo, porque en terreno despejado atraen a los rayos y podía quedar frito en una décima de segundo. A mitad de camino rompió a llover; el agua arremetía con fuerza, creando una cortina que me impedía ver más allá de unos metros. Hasta que no llegué al pueblo, para mí no hubo más que viento, lluvia, relámpagos y truenos.

Cuando entré en casa, tía Horrible se encontraba en la cocina. Un puchero con chocolate hervía en el fogón. Yo me quedé plantado en la puerta, viendo cómo untaba mermelada de ciruela sobre una tostada. La estufa de hierro apenas conseguía mantener a raya la humedad y el frío que entraba por las rendijas.

—¿Quieres? —me preguntó y, por primera vez, no parecía enfadada conmigo.

Me apresuré a cogerla por si se arrepentía.

Tía Horrible sonrió. Como vio que no dejaba de moquear y tiritaba de frío, aumentó el tiro de la estufa.

—Voy a contarte una historia de superhéroes, de ésas que tanto te gustan.

—No quiero escuchar más cuentos —repliqué enfurruñado, mientras mordía la tostada.

—¿Te refieres a cuentos de brujas, ogros y gigantes que parece haber por todo el pueblo *jugando* a comerte? —dijo—. Pero es que esto no es un cuento, cariño, es una historia real.

El hecho de que tía Horrible me hubiera llamado «cariño» me conmocionó. En un estado de agradable y cálida confusión, vi cómo apartaba el puchero del fogón y me servía una taza de chocolate caliente. Después cogió de la tostadora una rebanada de pan y, mientras la untaba de mermelada, empezó a contar:

—«Había una vez un hombre guapísimo y fuerte: era el protagonista de las películas de Superman. Levantaba camiones con la fuerza de sus brazos; atravesaba volando los muros de hormigón y se colocaba delante de las bombas y los misiles, para que explotaran sobre su pecho... Sin embargo, un día se cayó del caballo y quedó paralítico...».

De pronto se detuvo y me miró. Cuando me di cuenta de que tenía la boca abierta, la cerré, desviando la mirada hacia el grifo que goteaba. Bebí un sorbo de chocolate.

El viento arremetía con furia, aullando y silbando. Tía Horrible se dirigió a la ventana y cerró los postigos. Tuvo que encender la luz antes de proseguir.

—Ésta también es una historia real —dijo, dejando encima de la mesa una nueva tostada—: «Había una vez una familia con un niño muy fantasioso. Se llamaba Supercharli...».

Durante media hora me estuvo contando mi propia historia. No sé qué era lo que pretendía, pero me puso furioso.

—¡¿Cómo sabes todo eso, si tú no estabas allí?! —repliqué echando chispas—. Ni siquiera me conocías antes de recogerme de mala gana en ese hospital, para traerme a este horrible pueblo.

—Ahí te equivocas, Supercharli —tía Horrible apartó el puchero del fogón y se sirvió una taza de

chocolate—. A pesar de que tu padre y yo no nos llevábamos bien, tu madre me escribía a menudo —señaló una carpeta—. Ahí están todas sus cartas. Puedes leerlas cuando quieras. Ella me enviaba fotos y me contaba lo preocupada que estaba por ti.

—¿Preocupada por mí? —me extrañé.

—Siempre con la mirada perdida, con un tebeo o la *game-boy* en la mano. Tu profesor le comentaba a menudo que, a pesar de tus buenas notas, eras un niño distraído y confuso. ¿Has olvidado que caíste enfermo cuando Superman murió en una de sus aventuras?

—Me sentí triste y decepcionado —reconocí.

—Pero sólo eran fantasías, Supercharli —dijo.

Me daba vergüenza que me llamara Supercharli, porque me hacía sentir infantil. Tía Horrible me miró fijamente y sentí que me clavaba en el sitio, como si me hubiera convertido en una estatua de sal; después sonrió, el hechizo desapareció y de nuevo pude moverme.

—Fue mi madre quien me compró los primeros tebeos de Batman.

—Es cierto, lo leí en una de sus cartas; pero era para que superaras la muerte de Superman —pareció meditar un momento—. Me comentó que estabas tan ensimismado con tus fantasías que interpretabas los personajes de los tebeos sin darte cuenta.

Decía que demasiadas veces no parecías tú, sino el que te gustaría ser.

—Eso es natural —me defendí—. A todos mis amigos les gustan los tebeos y las películas de aventuras. Siempre jugamos a ser cosas que no somos y lo pasamos bastante bien.

—No hay nada de malo en eso.

—Pero después de jugar hay que regresar a la realidad, ¿verdad? —añadí, y recordé a mis padres con la boca abierta viendo los concursos de la tele y las telenovelas, recordé que ellos también vivían sus fantasías y me ignoraban a veces, pero cuando los necesitaba allí estaban para mí.

Tanto hablar de mamá y de papá, hizo que se me formara un nudo en el pecho. Quería dejar de hablar porque esa conversación me estaba poniendo triste, porque ahora más que nunca era consciente de que jamás volvería a verlos. Tenía muchas ganas de llorar.

—Tía...

—Dime, Supercharli.

—Echo mucho de menos a mis padres.

—Claro, cariño —tía Horrible se acercó, me miró con ternura a los ojos y me acogió en sus brazos—. No te aflijas, mi niño, pero puedes llorar si eso te alivia.

9

Tía Etel

La lluvia arremetía con violencia contra los muros de pizarra. Una teja se estrelló en el suelo: «¡Craks...!», y los dos miramos hacia la ventana, pero los postigos estaban echados.

—No sé qué decir —contesté.

—Puedes empezar por preguntarme cómo me llamo, Carlitos. Llevamos cuatro días juntos y todavía no me has llamado por mi nombre ni una sola vez.

Así me enteré de que tía Horrible se llamaba Etelina, y que era maestra y bibliotecaria del colegio de Robledo.

—Es curioso lo que la imaginación puede hacernos creer —contesté en un susurro—. Pero ¿cómo podía darme cuenta?

—Al final lo has hecho —tía Etel sonrió—. Con un poquito de ayuda, has conseguido reencontrar el camino.

Antes de ir a recogerme al hospital, tía Etel ya había puesto en el arcón el cuento de *Caperucita Roja;* a la mañana siguiente sólo tuvo que mandarme a casa de la abuela quien, como pude comprobar, era una excelente cuentacuentos.

—Después de contarme *Hansel y Gretel* me quedé atrapado en el sótano —se me escapó la risa—. Pensé que quería comerme.

—¡Qué barbaridad! No me imagino a la abuela, con su dentadura postiza, comiéndose un niño.

Ambos reímos.

—Pero te las arreglaste para escapar.

Orgulloso, le conté a mi tía cómo lo hice, y el sistema de alarma que había ideado la noche anterior para poder dormir, y las pruebas de ingenio por las que don Aniceto me había hecho pasar, que había resuelto sin ningún problema. Dijo que siempre había sabido que era un chico despierto.

—¿Hay niños en este pueblo? —pregunté, cambiando de tema.

—No demasiados, porque la gente joven suele marcharse a las ciudades —explicó mi tía y añadió que el colegio se encontraba justo en la dirección opuesta al viejo reformatorio, por eso no vi ninguno esa mañana—. Cuando acabemos de restaurar el reformatorio, servirá de instituto y biblioteca para los pueblos de la zona.

Es curioso lo que puede aprenderse de cualquier experiencia. Cómo puede uno afrontar peligrosas situaciones, aunque sean ficticias, transformándose en alguien decidido e ingenioso para salir de ellas. Y todo eso sin necesidad de superpoderes.

Con el tiempo aprendí a conocer a mi tía y a la abuela y descubrí que eran unas mujeres maravillosas y muy imaginativas. Uno no tenía tiempo de aburrirse con ellas. Cuando le pregunté a tía Etel cómo consiguió que las urracas revolotearan cada mañana sobre la ventana de mi habitación, me contestó:

—Fue muy sencillo —reconoció encogiéndose de hombros—. Sólo tuve que machacar una botella de vidrio y pegar los brillantes trocitos en el alféizar. Como tu habitación está orientada al Este, el sol se refleja en los cristalitos y eso las vuelve locas.

—¿Hiciste eso para que no me quedara encerrado en mi habitación todo el día?

—Y para crear cierto ambiente —reconoció complacida, soltando una carcajada.

Después subimos a mi habitación, cogió todos mis tebeos y me dijo que la siguiera.

—¿Vas a tirarlos? —pregunté en un susurro.

—¡De ninguna manera! —contestó indignada. Entonces enfiló hasta el fondo del pasillo y se detuvo ante una puerta. Sacó de la bata una llave de hierro y la abrió: era la biblioteca de tía Etel. Con mucho misterio, buscó un hueco entre los montones de libros y colocó cuidadosamente los tebeos de Batman.

—Bueno, pero ¿puedo seguir leyéndolos sin ningún problema?

—¡Por supuesto! —exclamó—. Nunca he dicho que fuera malo leer tebeos.

La biblioteca tenía una magnífica chimenea. Allí, a la luz de la lumbre, descubrí el placer de leer en voz alta para tía Etel. Los inviernos en Robledo son largos y lluviosos, y aunque hice muy buenos amigos, con los que practiqué el arroyismo y la pesca de mano, mi tía siempre tenía una emocionante historia que contarme o un libro que recomendarme.

También me gustaba visitar a la abuela para escuchar sus aventuras, ya que fue una excelente trepadora de árboles y *arroyista* en su juventud.

Este emocionante deporte consiste en remontar el cauce de los arroyos corriente arriba, hasta el nacimiento del manantial. Puede resultar peligroso si no se va calzado con unas buenas botas de goma que ajusten bien, porque las piedras están muy resbaladizas y, a veces, es difícil mantener el equilibrio. Se consigue un estado de concentración en el que algunas veces se llega a sentir que uno forma parte del mismo arroyo. En mis visitas solía intercambiar libros y tebeos con ella, y la retaba de vez en cuando a una partida con la *game-boy*. La abuela opinaba que las aventuras de Batman eran interesantes, pero que uno no podía limitarse a leer sólo eso.

—¿Cómo consigues las flores con dos colores, abuela? —le pregunté un día, recordando que había prometido contarme el secreto.

—Es muy sencillo, Supercharli —a la abuela le gustaba ese nombre y ya no hubo forma de que me llamara de otra manera—. Debes elegir una flor blanca con un tallo largo, de unos veinticinco centímetros; seccionas el tallo por la mitad a lo largo de quince centímetros e introduces las partes separadas en dos vasos estirados y altos, con agua. Echas unas gotas de tinta roja en uno y otras de azul en el otro, hasta que el agua se tiña de estos colores. Repites la misma operación con otras flores y sujetas las partes altas de los tallos con un cordelito o un celo. Después debes meter todo en un jarrón para que no se vea el truco y, al cabo de unas horas, tendrás un magnífico ramillete de flores bicolor.

—¡Es fabuloso! —exclamé.

Y así era todo con estas increíbles mujeres.

Índice